U0064153

# 湯小團帶你學中國經典

# 漫畫論語 下

谷清平 編

貓先生 繪

學而不厭

溫故知新

求仁得仁

新雅文化事業有限公司
www.sunya.com.hk

## 湯小圓和他的朋友們

### 湯小團

愛看書，特別喜歡閱讀歷史。平時調皮搗蛋，滿肚子故事，總是滔滔不絕。熱情善良，愛幫助人。

### 唐菲菲

書巷小學大隊長，完美女生，還有點兒潔癖。有些膽小，卻聰明心細。

### 孟虎

又胖又高，自稱上少林寺學過藝，外號「大錘」。喜歡唐菲菲，講義氣，卻總是鬧笑話。

### 書店老闆

「有間書店」的老闆，也是書世界的守護者。會做甜點，受孩子們歡迎，養了一隻小黑貓。

### 王老師

湯小團的班主任。外表看起來很嚴肅，內心很關心同學們。

《論語》成書於戰國前期，是儒家的經典著作。孔子開創了私人講學的風氣，相傳他有弟子三千，賢弟子七十二人。孔子去世後，其弟子及再傳弟子把孔子及其弟子的言行語錄和思想記錄下來，整理編成了這一部儒家經典。《論語》從西漢以來，一直是中國讀書人的必讀書。

本書上、下兩冊共 20 個章節，精選了《論語》不同篇章中的名句。以漫畫形式重新演繹論語故事，重現孔子及其弟子們的學習、生活。幫助孩子讀懂《論語》，提升語文能力，學習古人的品德情操。

# 目錄

## 孔子

本名孔丘，字仲尼，春秋時期魯國人。歷史上第一位以私人名義教書的教師。

**仲由**

字子路。為人粗獷，性格勇敢。只比孔子小九歲，但非常尊敬老師。

**顏回**

字子淵，又叫顏淵。家境貧寒，聰穎好學。是孔子的得意門生。

**宰予**

字子我。聰明，能說會道，不過常常讓孔子頭疼。

**冉求**

字子有，又叫冉有。為人穩重，有時候因為謹慎而顯得有些膽小。

**端木賜**

字子貢。聰慧善辯，在很多問題上有自己的想法。有經商才能。

**有若**

字子若。傳說相貌跟孔子很像。

**樊須**

字子遲，亦稱樊遲。老實務實，不大聰明，但對農業特別感興趣。

**冉雍**

字仲弓。品學兼優。做地方官時，政績十分出色。

# 《論語》人物表

**曾點**

字皙，又叫曾皙。曾參的父親。好學，淡泊名利。

**公西赤**

字子華，又稱公西華。從小就跟孔子求學，有外交才能。

**司馬耕**

字子牛。宋國權臣桓魋的弟弟，做人堅守正義。

（魋 tuí，粵音頹）

**言偃**

字子游。孔子後期弟子。重視以禮樂教化百姓。

（偃 yǎn，粵音蝘）

**曾參**

字子輿。跟父親同為孔子學生，在《論語》中又稱曾子。

**卜商**

字子夏。孔子後期弟子。聰明，才思敏捷。

**孔伋**

字子思。孔子的孫子，曾參的學生。

（伋 jí，粵音吸）

**顓孫師**

字子張。孔子後期弟子，性格剛正。

（顓 zhuān，粵音專）

## ★ 第一章　溫故知新

　故事摘要

　　學過的知識要反復溫習，才能理解得更透徹，才能發現之前沒發現的新內容。

　原文節選

　　子曰：「溫故而知新，可以為師矣。」（《論語‧為政》）

　　子曰：「由，誨汝知之乎！知之為知之，不知為不知，是知也。」（《論語‧為政》）

　節選釋義

　　孔子説：「在溫習舊知識時，能有新收穫，就可以當老師了。」

　　孔子説：「仲由（子路），我教給你對待知或不知的正確態度吧！知道就是知道，不知道就是不知道，這才是真的智慧。」

老師，您在讀什麼？

子淵

是齊國管仲的故事。

這卷書您已經讀了很多遍。

是啊。

複習舊知識和學習新知識一樣有用哩。

我懂了，老師從舊知識裏也能講出新花樣。

是職業需要嘛。

書中的字是死的，可人的頭腦是活的。想做老師，只會重複書上的話可遠遠不夠。

溫習學過的知識，能有新發現，憑這一點就可以當老師了。

老師的知識要比書上的還多？

第二天,孔子講學,子淵、子貢、子路在座。

知道。

你們都知道管仲*吧?

那麼你們說,該怎麼評價管仲這個人?

這可不好說。

子貢

怎樣想,就怎樣說。

咳咳,學到的東西按時溫習,不也是高興的事嗎?

這有什麼好高興的。

嘿嘿。

子路

* 管仲:齊國政治家,一開始輔佐公子糾,後來輔佐齊桓公。

當年，公子糾與公子小白爭齊君之位，管仲跟隨着公子糾。

後來，公子糾失敗被殺。

管仲的同僚自殺盡忠，可管仲沒有死。

要我説，他有點貪生怕死，算不上有道德吧？

我也一樣。

子貢呢？你怎麼看？

公子小白，也就是齊桓公，他害死了公子糾。

管仲不為公子糾報仇，後來反而輔佐齊桓公。

不能算忠誠吧？

子淵，你來說吧。

子淵

老師，從管仲對天下的貢獻看，他是個了不起的人。

當時天下動盪，諸侯之間征戰不休。

是管仲建議齊桓公召集各地諸侯，訂下了休戰盟約。

因為有管仲，許多國家才沒有滅亡。

說得好，齊桓公召集諸侯會盟，停止了戰爭。

我想，管仲值得欽佩，雖然他也有缺點。

這就是管仲的仁德呀！

天下重新安定，人們到今天還享受着他帶來的好處。

這倒是真的。

假如沒有管仲，我們恐怕要倒退回野蠻的生活了。

可他依舊不算忠臣吧？

你呀！

難道我們還執着於那狹隘的忠誠嗎？

難道連天下百姓都不顧了嗎？

唔。

像沒頭腦的人一樣在山溝自殺，就是對一個人盡忠？

可是，在我讀的書裏面，管仲還挺貪生怕死的。

咳咳。

咱們讀的是同一卷吧！

唉，讀書啊，不能書上說什麼就信什麼。

而且，你們讀的書也還少呀！

這個嘛，確實不多。

假如在其他書裏，管仲不再是膽小的人，你們到時候相信誰呢？

那就麻煩了。

老師，您別説繞口令！

簡單説，若是能把知道和不知道的分清楚，也是一種智慧。

無知者無畏嘛！

現在讀的書少，才會覺得好像什麼都明白，也很正常。

有時候，讀的書越多，越能感覺到自己無知！

啊？我什麼感覺都沒有……難道其實最無知？

師兄，別難過。

師兄，繼續努力！

學海無涯，學過的東西，也不能以為真的學會了啊！

## 湯小團劇場

湯小團，科技展上的講座你聽了嗎？

聽了啊。

這些怎麼組裝來着？

看我的！都記着呢！

這，我明明記了筆記的呀。

我找到了教學短片。我們複習一遍吧。

**小知識**

齊襄公死後，遊蕩在外的公子糾和公子小白爭相回國。誰能先回到齊國，誰就能當國君。管仲為了讓公子糾上位，先去截殺了公子小白。誰料，公子小白是假死，還先一步回國即位，成了齊桓公。之後，公子糾不聽管仲諫言，被齊桓公打敗。齊桓公不計前嫌，聽從鮑叔牙的建議，任用管仲為相。在管仲的輔佐下，齊國越來越強盛，成了春秋五霸之一。

## ★ 第二章　學而不厭

### 故事摘要

　　孔子對待學習從不厭倦。子我（宰予）白天睡覺，被孔子批評。

### 原文節選

　　宰予晝寢。子曰：「朽木不可雕也，糞土之牆不可杇*；於予與何誅？」（《論語・公冶長》）

　　子曰：「默而識之，學而不厭，誨人不倦，何有於我哉？」（《論語・述而》）

### 節選釋義

　　宰予在白天睡覺。孔子說：「腐爛的木頭不能雕刻，用髒土砌成的牆壁不能粉刷；對於宰予（子我）這樣的人，還有什麼好責備的呢？」

　　孔子說：「（把所學的）默默記在心裏，努力學習而不厭煩，教育學生而不知疲倦，這些對我來說有什麼困難呢？」

*杇：wū，粵音烏。

古代的學者為自己而學。

現在的學者啊，只是為了別人。

學習？不都是為了自己增長知識的嗎？

老師是反感用學問裝樣子給人看的人。

皙

子有

子貢

對，炫耀就太過分了！

以向人賣弄為目的來學習，不是真的好學。

炫耀嘛，得有真才實學，才有成就感！

哈哈！原來你不是不想炫耀，只是暫時不能夠啊。

自以為懂得多了，就可以自吹自擂了嗎？

不敢，不敢。

我希望，你們的注意力最好放在學習本身。

老師您放心，這個我們做得到。

唔，是嗎？

你們啊，不要三分鐘熱度就好了。

有老師的教誨，我們不會那樣的。

你們雖然說到，但不一定做得到啊！

哎？有一陣子沒見着子我了。

奇怪，前幾天還見到他來着。

就怕他也是三分鐘熱度吧。

子我？老師在說他？

三分鐘熱度，難道是說子我？

我去看看。他是不是家裏有事啊？

居然大白天在睡覺！

子我

爛木頭不堪雕刻，髒土砌成的牆粉刷不得！誰教得了懶漢！

快醒醒！

您別生氣，他平常不是這樣的。

唉，有什麼好責備的。

我是失望啊！

老師，老師！我錯了，唉！

子我驚醒後追出來。

子我啊，子我。

從前，我聽了別人的話，就會相信。

現在看，還是要看他怎麼做啊！

我錯了，老師。

你來學習，是為了提高自己，還是為了功名利祿？

為了自己。

那便要為自己負責任，不能懈怠。

是我自己太糊塗，總做錯事。

子我，我難道是生來就懂得一切嗎？

也不是。

我只是喜愛古典文化，然後刻苦用功而已。

你也要努力才對。

嗯。

其實是父親讓我管理家事，我才耽誤了聽學。

那也不能⋯⋯

這兩天沒有知識可學，只好睡覺了。

你啊你！何時何地不能做學問啊？

您不在⋯⋯

幾人同行，其中必有值得我向之學習的人。

這，這不大可能吧？

別人有優點便去學習，缺點則引以為戒。

何時何地不能學呢？

嘿，老師這辦法好！

沒有，是我腦子笨。您信我吧！

你啊，不過是找藉口偷懶罷了。

老師，您不生我的氣了？

不修德行、不講習學問、知道正義在哪卻不追隨……

……知錯不改，這些都是我擔心的。

但我不會因為誰做錯事，就否定這個人。

老師您真的太好了！

老師放心，我其實特別愛學習！

唉，你倒是用功啊！

第二天，孔子又為學生講課。

默默記下平常見聞，時刻學習而不滿足，教育學生而不疲倦，這些有什麼難呢？

學問是老師的真愛了吧！

嗯？

老師，我們想問，您是多愛學習啊？

哈哈，大概是這種程度吧……

如果在早上領悟了真理，就算晚上死掉，也毫無遺憾啊！

這就是聖人的境界嗎？

## 湯小團劇場

媽媽，我也想做三好學生。

好啊！那先把球放下，做完作業再玩。

這些漫畫書，媽媽也幫你收起來啦，做完作業再看。

啊……

孟虎……

過了一會兒。

媽媽，做好學生太難啦！

果然是三分鐘熱度。

## ★ 第三章　斯文在茲

 **故事摘要**

　　孔子相信自己肩負傳承文化的使命，不因為一時不出名，或是遭到誤解而煩惱。

 **原文節選**

　　子畏於匡，曰：「文王既沒，文不在茲乎？天之將喪斯文也，後死者不得與於斯文也；天之未喪斯文也，匡人其如予何？」（《論語·子罕》）

 **節選釋義**

　　孔子被圍困在匡城，他說：「周文王去世後，一切的文化遺產不都在我這裏嗎？上天如果要毀滅這種文化，那我也不會掌握這些文化；如果上天不要毀滅這種文化，匡地的人能把我怎麼樣呢？」

子張

老師，世人都不了解您。

哦？

我替您不平，您應該做諸侯身邊的重臣。

子張，別人不了解你，你卻不怨恨，才是君子該做的。

老師，您說人應當追求顯達。如何才算顯達呢？

子張希望我顯達嗎？

你說的顯達，是什麼呢？

不論在別的國家，還是在家鄉封地，都有名聲。

唉！你說的只是有名聲，不是顯達。

為人正直，遇事講理，會察言觀色，會謙讓他人。這樣的人會顯達。

有區別嗎？

29

啊，上次説這話，已經是很久之前的事了。

十五年前，孔子帶着弟子周遊列國。

老師，我們就這麼離開衞國嗎？

衞靈公不信任我們，沒必要留在這兒了。

路上，一羣匡城人圍了過來。

喂，你們是幹什麼的？

是陽虎*！快抓住他們！你們跑不掉了！

*陽虎：魯國人，長得很像孔子，曾帶兵侵害匡城。

匡城人錯將孔子認成了陽虎，他們沖上來圍住了孔子。

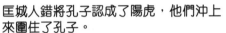

各位英雄，你們認錯人啦。

子貢

不可能！仇人的樣子，我們死也不會忘！

陽虎！當年你洗劫匡城，想不到自己也會有今天吧！

老師是魯國的孔仲尼！不是什麼陽虎！

怎麼回事？

你聽說過這個人嗎？

不管怎麼樣，你們別想走！

你們不講理！

他們人多，咱們打不過，別衝動。

子路

逃不出去，我再跟他們談談吧。

他們不認識我們，有理也説不清。

老師啊老師，咱們怎麼混成這樣了。

想來是他們把我認成了陽虎。

老師，您一點都不急嗎？

匡人對陽虎恨之入骨，搞不好會……

您有辦法？

會出人命嗎？不會的。

沒有，但我相信，我命不該絕。

啥？

周文王死後，文明的傳承就在我的肩上。

什麼時候了，您還説這些？

唉！

如果上天要毀滅華夏文明，我也不會有幸繼承它。

如果上天想看到文明延續，匡人又能把我如何呢？

好，上天會保佑老師的！

希望上天，保佑華夏文脈。我死倒沒什麼。

老師，只要我在，就一定會保護您！

五天后，匡城的人終於意識到孔子不是陽虎，孔子得以脫身。

唉，假如他們認識您，也不必受這種罪。

呵呵，天下人怎麼會都認識我呢？

了解我的人，就更沒有了！

怎麼會？您在說氣話吧。

我不怪上天，也不怪百姓。

我願意學習日常的技能，又洞明高深的道理。

子路兄，老師不愛聽你抱怨哩。

啥，你怎麼知道？

普通人不理解我的學問，只有上天了解我吧！

老師說，不怨天不尤人。

咋了？

方才在那抱怨的，除了你還有誰？

呃……

老師還在因為被人誤會而難過嗎？

唉，這沒什麼好難過的。

君子治學，不為名利。

不怕別人不知道自己，只怕自己能力還不夠。

差不多是十五年前的事了。

當時的情況特別危險吧？

類似的事，後來還有過幾次。

唔。

所以，您從來沒想過要出名嗎？

我不貪戀名聲，但也沒刻意回避過什麼。

可是老師您放棄衛國的官職，我以為您不想出名。

不是的。

那您為什麼要離開衛國呢？

《尚書》說：孝敬父母，友愛兄弟，這種風氣可以影響政治。何必做官出名。

教育百姓，就是我所參與的政治啦。

## 湯小團劇場

湯小團！注意聽講！

小息

我在看書呢！老師真不了解我。

你被老師冤枉了？

那倒沒有。

我看的……是漫畫書。

難怪老師要訓示你了。

### 小知識

孔子在匡城一路被人追打，弟子走散了。過了五天，子淵才找到孔子。孔子說：「我還以為你死了！」子淵說：「夫子您還在，我怎麼敢死呢！」可惜，子淵英年早逝，讓孔子非常悲傷。相關內容可見《湯小團．國學中的歷史：論語（上）》。

## ★ 第四章　君子固窮

### 故事摘要

孔子周遊列國時，幾次陷入險境，但即使在困境中，他也始終堅持自己的信念。

### 原文節選

子曰：「天生德於予，桓魋*其如予何？」（《論語‧述而》）

子曰：「君子固窮，小人窮斯濫矣。」（《論語‧衞靈公》）

### 節選釋義

孔子説：「上天賦予了我這樣的品德，桓魋能把我怎樣呢？」

孔子説：「君子在困頓時還能堅持正道，小人一旦困頓，就會胡作非為。」

* 魋：tuí，粵音頹。

孔子每日都在一棵樹下講學，沒有其他舉動。

司馬府

聽他講學的人多嗎？

有不少百姓駐足旁聽。

只怕他在宣揚邪說，一定得除掉他。

明日將樹推倒，讓孔子非死即傷，哈哈哈！

第二天。

奇怪，這樹怎麼像是枯了？

老師，上天可攔不住敵人啊！您不走嗎？

當然要走。

難道還站在這，等他來殺我嗎？

四年後，西元前 489 年，孔子在陳國、蔡國之間又遭圍困。

老師，我早就想說……

唉！子路兄！

你要說什麼？

子路

您看看，咱們都混到什麼地步了！

子路，君子遇到難處，也不該抱怨。

您總說君子君子，君子也會窮得沒飯吃嗎？

君子窮困潦倒，也能堅持做人的操守。

嗚

老師，您沒事吧？

唉，只有小人，才會在窮困中胡作非為。

算了算了，您說得對，我扶您去休息。

子貢從外面回來，帶回一籃野菜。

老師，對不起。

沒事。

荒郊野外，有這些吃已經不錯了。

子貢

老師，我們別去楚國了。

這次我們接受了楚王的邀請，不能食言。

路才走了一半，陳國和蔡國就把我們困在這了。

我們根本到不了楚國。

只要不去楚國，陳蔡兩國就不會圍困我們。

不行，原則是不能違背的。

沒人想窮困潦倒，但不該做的事，君子不會做。

老師，情況特殊，現在是有性命之憂！

君子拋下了仁義，就什麼都不是。

哪怕倉促之間，顛沛流離，也不能那麼做。

對不起，是我連累了你們。怪不得……

這是我們的選擇，老師不必擔心我們。

您從不嫌我家境貧寒,現在吃些苦算什麼。

當年粗茶淡飯、枕臂而眠,不也很快樂嗎?

用不正當的手段換來的富貴,不過是浮雲罷了。

正因如此,我從沒後悔當您的學生。

可我沒法照顧好你們。

仁人志士,不能為了活着就放棄仁。

老師,別說喪氣話。

我們啊,只能為了仁而不惜身死。

我還撐得住,沒那麼容易死的。

要是沒離開魯國，也不會落到這個地步。

在魯國不能施展抱負，老師遲早會離開。

看來命中註定，我們是要餓死在這兒了。

噗！請原諒，咳咳！

老師！我收到消息，有楚國人來救我們了！

老師，假如有一塊美玉……

你不必說假如，這美玉便是我吧。

哈哈，那您是把它收藏起來，還是賣個好價錢？

我嘛，要賣個好價錢！

看來老師對政治還沒有失望呀！

自然，我正等着識貨的人呢！

## 湯小團劇場

湯小團，你怎麼啦？

我想嘗試一下，廢寢忘食的感覺。

什麼？你昨晚學習了一夜？

那倒不是。

我摺了一夜小星星。看！好看嗎？

湯小團，你瘋了吧！

確實廢寢忘食……

### 小知識

「司馬」是桓魋在宋國的官職。字面意義看，司馬是專門看管馬匹的官。因為古代打仗都需要戰馬，馬匹在軍事中非常重要，所以延伸成了掌管軍政和軍賦的官職。春秋戰國時，司馬地位很高，僅次於三公（中國古代地位最高的三個官職）。後來，它的具體地位和職責在歷朝歷代有所變化，但都與軍事相關。

## ★ 第五章　以直報怨

 **故事摘要**

　　孔子主張用正直的態度對待人和事。評價他人時，要仔細考察，才能下結論。

 **原文節選**

　　或曰：「以德報怨，何如？」子曰：「何以報德？以直報怨，以德報德。」（《論語·憲問》）

　　子曰：「眾惡之，必察焉；眾好之，必察焉。」（《論語·衛靈公》）

 **節選釋義**

　　有人問：「用恩德來回報怨恨，怎麼樣？」孔子說：「那麼用什麼回報恩德呢？要用正直回報怨恨，用恩德回報恩德。」

　　孔子說：「對於大家都厭惡的人，一定要去考察；大家都喜愛的人，也一定要去考察。」

大街上，有兩個人正在辯論。

如果有人打我，我一定會打回去。

我認為，沒有打回去的必要。

打回去才解氣！

憤怒只會讓仇恨越來越深！

皙

子輿

一味忍讓就是軟弱可欺！

以德報怨才能化解矛盾！

呀！是師弟啊！

師兄，好久不見。

給你吃。

師兄覺得他們誰說得對呢？

這個嘛……

聰明的人會避開爭鬥，這樣更容易保全自己。

膽小鬼！

孔子講學，皙、子貢等在座。

老師，以德報怨，用善意回敬怨恨，這樣好嗎？

不，不應該這樣。

用恩德回報怨恨，又用什麼報答恩德呢？

應當用正直回報怨恨，用恩德報答恩德。

做人不能不明是非。

不論對事對人，都應該正直。

正直剛強的人，會更容易被壞人記恨嗎？

也許吧。

啊？

但你想錯了。

人由於正直，才能生存。

不正直的人活在世上，不過是苟且偷生，僥倖沒有死掉罷了。

老師，我有問題。

子貢，你想說什麼？

八成又是什麼奇怪的問題。

我怎麼知道什麼是正直？

咳，先別急着問，先仔細想一想。

公道自在人心，人真的不知道什麼是正直嗎？

唔。

如果一個人，同鄉都喜愛他，這算好人嗎？

啊，可能不算。

如果同鄉都討厭他，能説明他是壞人嗎？

也不能。

實際上，同鄉的判斷，不完全是公道的。

那您還説，公道自在人心？

因為人會犯錯，也會看不見內心的公道。

怎麼什麼話都叫您説了……

一位好人，應該是同鄉的好人喜愛他，壞人討厭他。

咦？這話有道理！

同鄉都喜愛某個人，説明他同所有人關係都好。

不論好人還是壞人。

那麼他做事，很明顯不分是非。

也就是不正直，不能算好人。

奇怪，我這回又説錯了嗎？

不止如此。

評價他人，一定要謹慎。

不分是非的人，足以導致道德淪喪。即使被人喜歡，也是個小人。

對，我也這麼想的。

這些，你都沒有説錯。

但你還沒有用到自己的頭腦。

自己的頭腦？

你認為一個人不分是非，依據的是什麼？

不論什麼人，都喜愛他啊。

單憑別人的意見，還不夠。

我想到了，還要看這個人做過些什麼！

對大家都討厭，或都喜愛的人，要仔細考察。

根據他的言行，親自做出判斷。

嗯，就是這個意思。

所以，評價一個人，不單要看大家的意見，也要自己動腦，好好想一想。

評價一個人，原來真不容易。

人是複雜的生物。

為複雜的人做公正的判斷，腦筋都不夠了。

你要聽聽我的建議嗎？

多學習，勤思考。

腦筋越用才會越靈活嘛。

老師，你說。

我就知道，老師永遠是老師。

咳咳！

我在感慨，原來正直也需要智慧啊，哈哈！

自然。

難不成只用嘴上功夫嗎？

唉，我再也不貧嘴了。

## 湯小團劇場

湯小團，我們是不是好朋友？

問這個幹嗎？

你就說嘛！是不是？

當然是啊！

這是誰扔的？!

好兄弟！

站住！我不會因為是朋友，就包庇你的！

## 第六章 割雞焉用牛刀

 故事摘要

孔子周遊列國，始終懷才不遇。子遊（言偃）用孔子的理論治理百姓，卻收到了很好的效果。

 原文節選

子之武城，聞弦歌之聲。夫子莞爾而笑，曰：「割雞焉用牛刀？」子遊對曰：「昔者偃也聞諸夫子曰：『君子學道則愛人，小人學道則易使也。』」

子曰：「二三子，偃之言是也！前言戲之耳。」（《論語·陽貨》）

 節選釋義

孔子到了武城，聽到彈琴唱歌的聲音。孔子微笑着說：「殺雞何必用宰牛的刀呢？」（武城的縣官）子游回答說：「從前我聽老師說過：『君子學習禮樂便會有仁愛之心，老百姓學習禮樂便容易聽指揮。』」

孔子說：「你們聽，言偃（子遊）的話是對的。我剛才說的話是同他開玩笑罷了。」

想不到走了五年，又回了衞國。

如果能被衞君重用，老師計劃先做什麼？

子路

唔，先規範名分。

名分？

使用名號要與實際情況相稱，以示尊卑貴賤。

唉，老套，誰還關心你是什麼名號。

你說什麼？

老師，您真不明白嗎？國君們只想要財富和軍隊。

魯莽！你怎能這麼想！

殺雞不用牛刀，我怕您白忙！

不知道，就不要亂髮議論！

老師，我就是不明白。

名分不正，言語就站不住腳。

言語站不住腳，事情就做不好。

他是什麼人？憑什麼聽他的？

哼！

事情辦不好，國家便無法建立禮樂規範。

沒有規範，刑罰就不會得當。

官老爺可以明搶，憑啥我偷個饅頭就要償命？

少説廢話！你該死！

刑罰不得當，百姓一舉一動都不知如何是好。

老師，您能想到這麼多，真厲害！

君子提出一種說法，必須要說得通，行得通。

對對。

所以措辭說話、怎麼取名號，都馬虎不得。

對對對對。

你明白了嗎？

懂了，懂了個大概，嘿嘿。

唉，罷了，去做你的事吧。

哦，我出去看看哪邊要幫忙。

是國君他們沒有理解您。

我對做官已經不抱希望了。

老師，前面要到武城了。

啊，武城的長官，是子遊吧？

對，就是子游師弟。

走吧，我們去看看他。

進城後，武城的百姓看起來並不富裕，但是都很快樂的樣子。

城武

七月流火，九月授衣。

氣氛真好啊！

63

歡迎老師到武城做客!

子游客氣了。

子游

治理武城,你做得很好呀!

這個其實要算老師的功勞。

我按您說的,教給百姓禮義廉恥。

百姓各安其分,這才有了現在的樣子。

哈哈,子游,真有你的!

子游,我問你,何必用宰牛的刀殺雞?

什麼?

我說，這麼小的地方，為什麼要花那麼多的心思呢？

老師，您這是什麼意思？

您不被人重用，也用不着打擊子游吧？

你懂什麼！

我是試探、考驗他！

您講過，君子學習禮樂，便有仁愛之心。

百姓學習禮樂，便會聽指揮。

嗯，你聽，子游說得在理呀！

雖然是小地方、普通人，但教育也是有用的。

我只不過是想為這個地方盡點力。

你做得對，我剛才不過是玩笑話罷了。

年輕真好啊！將來的天下，就看你們啦！

## 湯小團劇場

真是太麻煩啦！

啊！謝謝你，唐菲菲。

來來來，都讓開！

這可怎麼吃啊……

殺雞焉用牛刀啊……

**小知識**

「七月流火，九月授衣」出自《詩經豳*風七月》。這首詩反映了周朝人民一年四季的勞作和生活。

\* 豳：bīn，粵音奔。

## ⭐ 第七章　修文德以來之

### 故事摘要

　　國家若想長治久安，應當注重對內部的治理，而不該向別國發動戰爭。

### 原文節選

　　孔子曰：「有國有家者，不患寡而患不均，不患貧而患不安。蓋均無貧，和無寡，安無傾。夫如是，故遠人不服，則修文德以來之。既來之，則安之。」（《論語·季氏》）

### 節選釋義

　　孔子說：「不論諸侯或者大夫，不該擔心貧窮而該擔心財富不均，不該害怕境內人口少而該害怕不安定。若是財富平均，便無所謂貧窮；境內和平團結，便不會覺得人少；境內平安，便不會傾危。像這樣做，遠方的人還不歸服，便再施行仁義禮樂的政教來招攬他們。他們來了，就讓他們安心生活。」

久仰，久仰大名。

您客氣了，不知有何賜教。

季康子

孔子

不敢不敢，是一些公務上的事，想請教您。

我有幾個學生在您那裏任職，難道他們犯了錯？

不不，他們很好，是有件事讓我猶豫不決。

既然如此，我洗耳恭聽。

假如我發現一批惡人，威脅了封地的安定……

那麼殺了惡人，來親近好人，您說如何？

殺意？難道他要對哪裏動兵嗎？

咳咳，您治理國家，為什麼要靠殺人呢？

那您覺得，我該怎麼辦？

您施行德政，百姓自然會跟隨您。

那我怎麼知道，百姓一定會跟隨我呢？

領導就好比風，百姓就好比草。

風向何處吹，草便向何處倒。

您待百姓好，百姓都會記在心裏的。

您的意思，我明白了。

孔子只是一介書生啊！

善心？真是太蠢了。

您要攻打顓臾，切不能聽孔子的。

我不讓他做官，他就攔不了我。

那他的學生會不會搗亂？

不會，他們既然為我做事，就要聽我的。

子有、子路前來拜見孔子。

子有

子路

季氏要去攻打顓臾。

我們來向您辭行了。

看來，真的要打仗了。

顓臾算是魯國境內的附屬國吧？

先王曾命顓臾主持東蒙山祭祀，顓臾也算我們的臣子。

此一時彼一時嘛。

子有，你也有錯。為什麼你不勸阻季氏？

老師，是季氏一定要出兵。我們倆都不想呀！

子路，你說，不是咱們的錯呀！

我為季氏做事，我的責任，我逃不掉。

古人有句話：「能出力的才去任職，不能出力就該請辭。」

子有！

主人要摔倒你不扶，要你這助手幹嗎呢？

我⋯⋯

老虎從籠子裏逃出來，龜甲美玉在匣子裏摔碎，是誰的錯呢？

是看守的錯。老師，是我們錯了。

好，我承認我沒有阻止戰事。

但我能理解季氏的做法。

你！

唉！你呀！

顓臾如今城牆堅固，又靠近季氏封地。

現在不除，將來必是大患！

季氏該怕的不是顓臾，而是宮廷內的國君。

好啊，用國君威脅我，哼！

季康子

老師，我要離開季氏了。

那你……

子路

季氏太貪圖權力，我不能再跟着他。

我要去衞國了。

如此，你要離開魯國嗎？

嗯。

唉,這是好事,我不能攔你。

這一去,你要保重。

老師,我若做官,您要囑咐我什麼嗎?

唔,你要記得以身作則,就夠了。

持身正直,便是不發命令,百姓也會依從。

行為不正,即使三令五申,百姓也不會聽。

好,我記住了。

老師,我一定會努力的!

## 湯小團劇場

## 第八章　鳳兮鳳兮

 **故事摘要**

　　孔子一行在楚國偶遇幾位隱士，隱士們勸孔子隱居山林，孔子拒絕了他們。

 **原文節選**

　　夫子憮然曰：「鳥獸不可與同羣，吾非斯人之徒與而誰與？天下有道，丘不與易也。」（《論語‧微子》）

 **節選釋義**

　　孔子很失望地說：「人不能同飛禽走獸合羣共處，我不與人羣打交道，又能與什麼打交道呢？如果天下太平，我就不會同你們一道來從事改革了。」

孔子一行自陳蔡兩國脫困後，正趕往楚國。

據說楚國地靈人傑，與別處不同。

子路

子淵

哎，這我也聽說過。

子路師兄也了解楚國？

不算了解，是從前認識一個人。

仲弓

他說楚國有不少奇才怪人。

他是楚國人？

不知道，但他也蠻奇怪的。

等等，有故事我也要聽！

子淵，你嚇我一跳！

嘿嘿。你們聽着，我慢慢講。

幾年前，老師曾派我回一趟魯國。

呀，城門已經關了。

算了，明早進城也是一樣。

於是，我在城牆附近找了一處地方休息。

你從哪來的？

是我的老師，魯國孔氏的人派我來的。

第二天清晨。

行了，你走吧。

好，多謝啦。

等等！

你老師是那種明知做不成也偏要做的人嗎？

這人說話真怪……

後來呢？

他還說，楚國有的是比他更奇怪的人。

哈哈，這奇怪的人可真了解我們！

咱們現在做的，跟他說的一模一樣。

明知改變不了天下，還四處奔走。

聽上去真有點笨兮兮！

前面就是楚國了！

哦，好。

子路，前面是河，去問問渡口在哪。

勞駕，請問渡口在哪邊？

啊？

駕車的是誰？

他名叫孔丘。

魯國的孔丘嗎？

是呀。

他呀，他知道渡口在哪。

他不是什麼都懂嗎……

你說什麼？我們不知道啊？

你是誰？

我叫子路。

對啊。

魯國孔丘的學生？

洪水般的惡行遍布天下，你們能改變嗎？

啊？

與其躲避惡人，不如離開這個社會，不更好嗎？

等等，我要問路……

他們不像老百姓，說話也奇怪。

那些人大概是隱士。

怪不得勸我們避世隱居。

唉，我沒辦法去隱居。

人不與動物聚作一羣。

不與人相處，又能與誰相處呢？

那便誰也不與誰相處？

假如天下太平，我也不會和你們一起去改變它了。

所以哪怕世道再壞，老師也會選擇改變它？

既然生在這，我是不會躲開的。

所以您就……做不到也要做嗎？

你剛剛說什麼？

呃，我是說，我還去問路嗎？

再向其他人問問吧。

孔子一行人進入楚國城池。

早聽說楚國富庶，當真名不虛傳！

這人怎麼走路的！

不長眼睛！

接輿*

瘋子！

♪鳳凰呀，鳳凰呀！為何世道如此衰敗！

♪過去的不能挽回，將來的猶可改變。

算了吧算了吧 如今從政的人危險呀！

*接輿：楚國隱士，裝瘋而不肯做官。
　輿：yú，粵音如。

請等一下，
我知道你想
說什麼。

轉身離開

等等！您等
一等！

♪鳳凰呀，鳳凰呀！

他唱什麼？

他把老師比
作鳳凰。

鳳凰不該出現在
亂世，他也想勸
老師歸隱山林？

楚國人怎麼這麼
奇怪呀？

大概是文化
差異吧。

幾天後，孔子果然沒有得到楚王的
任用，一行人從此離開了楚國。

湯小團劇場

我帶了塑膠布，可以收集雨水。

我帶了網和彈弓，可以打獵。

在山上住一年我也不怕！

哈哈哈！

我們只是去社區公園玩 1 個小時，還有很多功課呢……

# 第九章　求仁得仁

 故事摘要

　　追求仁德，便得到仁德，在孔子看來，能做到這樣，就不會再有怨言。

 原文節選

　　曰：「伯夷、叔齊何人也？」曰：「古之賢人也。」曰：「怨乎？」曰：「求仁而得仁，又何怨？」（《論語·述而》）

 節選釋義

　　（子貢）問：「伯夷、叔齊是什麼樣的人？」（孔子）說：「是古代的賢人。」（子貢）問：「他們後來有怨言嗎？」（孔子）說：「他們追求仁德，便得到了仁德，又有什麼怨言呢？」

師兄，你聽說衛國的事了嗎？

什麼事？

子貢

子有

現在的衛君，是老衛君的孫子。

我知道啊，怎麼了？

這位新衛君的父親還活着。

幾年前，他從晉國回衛國，要跟兒子奪權。

我好像也知道，他被現在的衛君用軍隊攔在國門外。

你知道啊！

我想知道老師對這事怎麼看。

我估計，老師不會贊成他們。

要不你去問問？

好！等等，你為何不自己去問？

老師在衞國做過官，我不敢問！

喂，我也不敢啊！

伯夷、叔齊？是說孤竹國的那對兄弟嗎？

老師，您對伯夷、叔齊怎麼看？

他們兄弟倆互相謙讓，都不肯做國君。是兩位有賢德的人。

他們做不成國君，心裏不會後悔抱怨嗎？

你想錯了，他們怎麼會怨呢？

伯夷作為兄長，願意按父親的遺言把王位讓給弟弟。

叔齊則因為伯夷是長子，堅持把王位留給哥哥。

他們心中追求的是仁德，也得到了仁德。

他們做的，是高尚的義舉，沒什麼好怨恨的。

嗯，這回我知道怎麼回覆子有了。

子貢呀！

嗯？

替我把後屋的幾卷《春秋》搬來。

好的，老師。

咳咳，老師不贊成衞君。

他怎麼說？

我怕老師想起在衞國的不愉快，沒敢直接問。

但我拿另外一件爭王位的事，問了他的看法。

老師説，他贊成以仁德之心，做符合仁德的事。

如果是爭奪權力的鬧劇，老師不贊成。

行吧……

老師，我回來了。

您是要讀這些書嗎？

不是讀書，是編書。

已經和子淵做了一部分了。

啊？什麼？

我計劃整理先人留下的文獻典籍。

子淵學問好，恐怕只有他能繼承我的衣缽。

老師是又在嫌棄我嗎？

估計這會是我這輩子最後的工作，不能馬虎。

好吧。

老師，您說，人真的不會不甘心嗎？

你是覺得君子不爭不搶，卻什麼都沒得到，所以感到遺憾嗎？

他們得到的是仁德呀！

原來如此……

可是，道德高尚，又沒什麼實際的好處。

唉，子貢，這樣想是不對的！

道德，本也不該為了得到好處才去做。

君子行善事，不求回報。

我明白，但是我替好人不平。

更何況，公道自在人心。

你知道舜和禹嗎?

人人都知道,他們是古時候的明君。

舜和禹擁有天下,卻沒想讓自己獲得什麼好處。

正因如此,他們被稱為至善的聖人,一直受人敬仰。

我知道了!舜和禹的功勞都被人們記了下來,他們得到的是青史上的美名。

歷史不會辜負人。它會給每個人公正的評價。

老師，您編訂《春秋》，也是為了編一部公正的歷史嗎？

是啊，是啊。

您所追求的仁德，就在書中嗎？

編好這部書，我也就求仁得仁，從此無憾了。

將來，人們讀《春秋》，就可以分辨善惡。

人人能知善惡，我的心願也就實現了。

## 湯小團劇場

早上 7 時

春天的花開秋天的風……

唱得真好，用我的零花錢支持一下吧。

下午 5 時

牛肉麵，我也想吃……

第二天

湯小團，你怎麼早飯就吃饅頭呀？

昨天把飯錢捐給了街頭歌手，現在錢不夠吃包子了。

可你支持了他的夢想啊！

我明白，做好事是要付出代價的！

### 小知識

《春秋》是孔子根據魯國歷史修訂而成，是一部編年體史書，記錄了從魯隱公元年，到魯哀公十四年，共二百四十二年之間的歷史。也因這本書，後人稱這段歷史為「春秋時期」。書中常用一字一語來表達褒貶，微言大義。

## ★ 第十章　君子之德

故事摘要

　　君子是對人格高尚、德才兼備者的敬稱，也是孔子及其弟子追求的理想人格。

原文節選

　　曾子曰：「可以托六尺之孤，可以寄百里之命，臨大節而不可奪也——君子人與？君子人也。」（《論語‧泰伯》）

節選釋義

　　曾子（子輿）說：「可以把幼小的孤兒託付給他，可以把國家的命脈寄託給他，面臨安危存亡的緊要關頭卻不動搖不屈服——這樣的人是君子嗎？這樣的人就是君子啊。」

魯國朝堂

子貢比他老師孔丘強多了。

叔*孫武叔

我同意，您說得對啊。

年輕人反而更出色。

子貢家

子貢啊，叔孫武叔那傢伙竟誇你哩。

子*服景伯

子貢

他？他會誇我？

他一向反感我老師的呀。

所以啊，他誇你比你老師強。

景伯兄，這叫什麼話呀！

那個，雖然我老師總教訓我⋯⋯

*叔孫武叔：魯國司馬。
　子服景伯：魯國大夫。

99

就是！

啊，我沒別的意思。

但他老人家哪是我能比的！

實話實說，我就拿各家的圍牆打比方吧。

假如圍牆裏面的風景，就是我們肚裏的墨水。

我家的圍牆，只到肩膀那麼高。

不用進門，踮起腳就能看到裏面。

裏面美不美麗，寬不寬敞，全都看得到。

老師家的圍牆，有好幾米高。

找不到大門走進去，就什麼也看不見。

裏面的富麗堂皇，別人怎麼能知道呢？

你比喻得真妙。

叔孫武叔就是那才疏學淺，找不到大門的人！

能走到大門的人也不多啊。

叔孫氏說那種話，也可以理解。

老師不顯山不露水，但我可把他當聖人看！

老師，大家都說您是聖人。

子輿

我又沒做什麼大事，怎麼會是聖人呢。

老師不是聖人，天下誰還是聖人？

堯　舜　大禹　文王

聖人啊，已經很久沒有出現過了。

聖人已經是傳說中的事啦。

我只希望，天下能有幾位君子。

君子？

你們呀，就要做君子式的讀書人，不要做小人式的讀書人。

君子要怎麼做？

這個問題嘛，能說的可就太多了。

不過我建議，你自己去尋找答案。

我記得的是：「君子和而不同，小人同而不和。」

這個，我不太明白。

君子之間，彼此不同，卻能相互調和。

就像一支曲子裏的不同聲音？

對，你講得很貼切。

而小人，只會跟別人一樣，沒有自己的主張，卻常有矛盾。

謝謝您為我解惑。

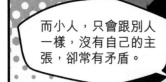

我猜，老師希望你自己領悟何為君子。

子輿又去拜訪子淵。

子淵

師兄怎麼一猜就猜對了！

不過，我可以告訴你老師說過的一句話。

君子懂得要求自己，小人只知苛求別人。

謝謝師兄，我知道了。

你問明白何為君子了嗎？

只問到了一點兒，但我不想再問了。

這個問題，我要留給以後的自己來回答。

若干年後，孔子早已去世，子輿也有了自己的學生。

君子和而不同，小人同而不和。

同？

和？

## 湯小團劇場

湯小團，你説君子是什麼？

當然是又聰明又可靠，手搖羽扇，頭戴綸巾⋯⋯

你説的是諸葛亮！你上課一直在偷偷畫畫吧！

你又不好好聽課！

別沒收！君子是不會沒收同學的藝術作品的！

**湯小團帶你學中國經典**

# 漫畫論語（下）

編　　者：谷清平
插　　圖：貓先生
腳　　本：張瀟格
責任編輯：張斐然
美術設計：黃觀山
出　　版：新雅文化事業有限公司
　　　　　香港英皇道499號北角工業大廈18樓
　　　　　電話：（852）2138 7998
　　　　　傳真：（852）2597 4003
　　　　　網址：http://www.sunya.com.hk
　　　　　電郵：marketing@sunya.com.hk
發　　行：香港聯合書刊物流有限公司
　　　　　香港荃灣德士古道220-248號荃灣工業中心16樓
　　　　　電話：（852）2150 2100
　　　　　傳真：（852）2407 3062
　　　　　電郵：info@suplogistics.com.hk
印　　刷：中華商務彩色印刷有限公司
　　　　　香港新界大埔汀麗路 36 號
版　　次：二〇二二年四月初版

ISBN：978-962-08-7972-2
Traditional Chinese Edition © 2022 Sun Ya Publications (HK) Ltd.
18/F, North Point Industrial Building, 499 King's Road, Hong Kong
Published in Hong Kong, China
Printed in China